VENTE
du Mardi 25 Juin 1912
A 2 HEURES
HOTEL DROUOT, Salle n° 9

·❋·

EXPOSITION PUBLIQUE
Lundi 24 Juin, de 2 h. à 6 h.

COLLECTION

DE

S. E. Talmaz Khan Amine Mizan

MANUSCRITS ENLUMINÉS, MINIATURES, LAQUES
TABLEAUX

Mᵉ Gaston FRANÇOIS
Commissaire-Priseur

M. Albert DU MAY
Expert-Libraire

COLLECTION

DE

S. E. TALMAZ KHAN AMINE MIZAN

Manuscrits enluminés, Miniatures, Laques

TABLEAUX PERSANS

Conditions de la Vente

La vente sera faite expressément au Comptant.

Les acquéreurs payeront 10 % en sus des enchères.

L'Exposition publique mettant les acquéreurs à même de se rendre compte de l'état des objets mis en vente, il ne sera admis aucune réclamation une fois l'adjudication prononcée.

L'Expert chargé de la vente, se réserve le droit de grouper ou de diviser certains numéros.

M. A. DU MAY remplira aux conditions d'usage les ordres des personnes qui ne pourraient assister à la vente.

**L'Ordre des numéros du Catalogue
ne sera pas suivi.**

L'une des Miniatures du Manuscrit portant le N° 1

MANUSCRITS

. . .

1. — MANUSCRIT. — Mesnevi ou Poésies légères, amoureuses, sentimen-
tales, etc., du célèbre poète persan MOVLEVI. Œuvres complètes
de cet auteur.

1 vol. in-8° (15 × 24). Reliure ancienne à compartiments. Intérieur des plats
Soukhtéï Tehrir (Losanges à fond de couleur, cuir découpé formant rinceaux en
appliques).

Manuscrit sur papier de Chine de Khanbalèghe, légèrement teinté, écrit vers
l'an 889 de l'Hégire en belle écriture **Koranique** disposée sur quatre colonnes à la page
encadrées de filets. Les Sommaires écrits à l'**Or pur**.

Six Miniatures d'une exécution remarquable représentant des combats et des scènes
de la vie domestique. Deux Sarlohs (Frontispices) et cinq têtes de chapitres sur
fond or et lapis-lazuli.

Voir la reproduction photographique.

* * *

2. — MANUSCRIT. — Œuvres de SAADI comprenant *le Gulistan (recueil en
vers et en prose de préceptes moraux, d'épigrammes, d'anecdotes
piquantes), le Bustan (recueil du même genre mais entièrement en
vers), Le Pend-nameh (Livre des Conseils aux Rois) (Poèmes
moraux en prose).*

Saadi, le plus célèbre des poètes Persans, surnommé la **salière des Poètes**. Ces
œuvres ont été traduites en plusieurs langues notamment en français par
André Duryer, sous les titres de **Gulistan** ou l'Empire des Roses, Jardin des Fleurs,
Jardin Potager, etc. (Paris, 1634, in-12).

1 vol. in-8° (15 × 25) de 330 ff. Reliure moderne.

Manuscrit sur papier de Chine de Khanbalèghe légèrement teinté, écrit vers
l'an 1028 de l'Hégire par **Zearrin-Galem**. Belle écriture **Nastalique** disposée sur
une colonne à la page avec un texte formant encadrement.

Quatre Miniatures représentant entre autres des scènes où l'on voit **Saadi** tenant audience dans un palais. Trois Sarlohs (Frontispices) dont deux occupant chacun une page entière.

Voir la reproduction photographique.

* * *

3. — MANUSCRIT. — Poésies de Nizami (*Cheïkh*) le savant.

1 vol. in-8° (15 × 26). Reliure sans intérêt.

Manuscrit sur papier de Chine de Khanbalèghe et entièrement remonté, écrit vers l'an 975 de l'Hégire en belle écriture **Nastalique** disposée sur deux colonnes à la page, encadrées de filets.

Trois Miniatures finement exécutées représentant des scènes religieuses et champêtres. Têtes de chapitres, vignettes et deux Sarlohs (Frontispices) dont un restauré. Ces ornements sont tous très poussés et d'un fini remarquable.

Voir la reproduction photographique.

* * *

4. — MANUSCRIT. — Khamsei-Nizami ou les Cinq Trésors poétiques du poète Persan Nizami. Histoire du Roi Khosrow et de la Reine Shirin, suivie de l'Histoire des Sept Châteaux.

1 vol. in-8° (15 × 22) de 200 ff. Reliure sans intérêt.

Manuscrit sur papier de Chine de Khanbalèghe légèrement teinté, écrit vers l'an 830 de l'Hégire. Belle écriture **Nastalique** disposée sur une colonne à la page avec un texte formant encadrement.

Huit Miniatures de dimensions variées, d'une très grande finesse d'exécution et d'une fraîcheur de coloris extraordinaire, représentant des scènes remarquablement composées.

Voir la reproduction photographique.

* * *

5. — MANUSCRIT. — Khamsei-Nizami ou les Cinq Trésors du poète Persan Nizami.

1 vol. in-8° (14 × 23) de 160 ff. Reliure sans intérêt.

Manuscrit sur papier de Chine de Khanbalèghe, écrit vers l'an 1231 de l'Hégire. Belle écriture **Nastalique** disposée sur trois colonnes à la page dont un texte formant encadrement aux deux autres.

Sept Miniatures représentant des combats, des sacrifices, des jeux et de nombreuses scènes de la vie Indo-Persane. Quatre Sarlohs (Frontispices) et en-tête sur fond bleu turquoise rehaussé d'or.

Ce Manuscrit, possédé en dernier lieu par **Khosrov Khan** et ensuite par **Rezagouli Khan**, tous deux **Vali** (Gouverneurs), avait précédemment appartenu à **Mostofi**

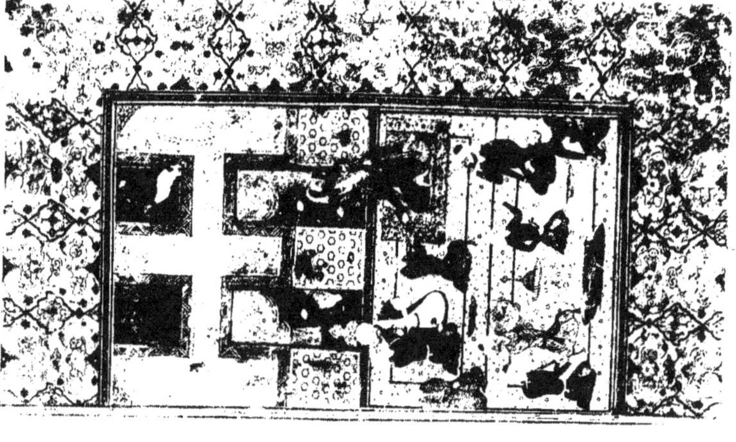
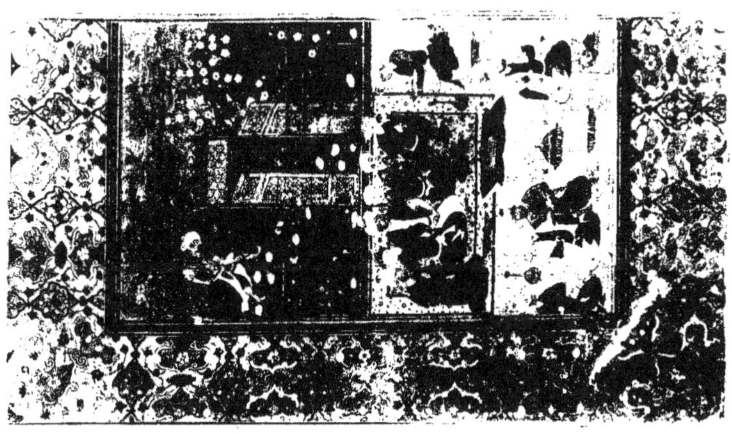

Deux des Miniatures du Manuscrit portant le N...

L'une des Miniatures du Manuscrit portant le N° 3

L'une des Miniatures du Manuscrit portant le N° 4

L'une des Miniatures du Manuscrit portant le N° 5

L'une des Miniatures du Manuscrit portant le N° 6

(Grand Chancelier de l'Etat). **Mirza Mohamed-Ali Mostofi-el-Divan, fils de Mirza Vazem Mostofi**, lequel avait légué, à ses descendants masculins, ce Manuscrit, à condition de ne pas le vendre.

Voir la reproduction photographique.

* * *

6. — MANUSCRIT. — Khamsei-Nizami ou les cinq Trésors du poète persan Nizami, lesquels sont suivis de l'Histoire des Rois de Perse et du Retour d'Alexandre-le-Grand.

Manuscrit de 300 feuillets environ sur papier de Chine de Khanbalèghe légèrement teinté, écrit vers l'an 920 de l'Hégire en belle écriture **Nastalique** disposée sur quatre colonnes à la page encadrées de filets vert et or.

Sept Miniatures d'un vigoureux coloris; cinq petits et deux grands Sarlohs (Frontispices) en lapis-lazuli sur fond or. Filets, départs et bouts de lignes richement décorés de motifs et rinceaux **à l'or pur.**

Format in-8° (19 × 30). Reliure sans intérêt.

Nizami, célèbre poète persan du VIe siècle de l'Hégire, surnommé **Khandjéri**, du nom de la ville de Khandjeh où il était né, est l'auteur de cinq poèmes qui furent réunis après sa mort en un recueil nommé en persan **Pendj-Guendj** (les cinq Trésors) qui sont : 1° L'Histoire du Roi Khosrow et de la Reine Sherin. — 2° L'Histoire idyllique de Leïla et Medjnoun. — 3° Hefft Bonguer (Les Sept Châteaux). — 4° Iskender Namé (Le Livre des Conseils). — 5° Ioussif Zuleïkha (Histoire de Joseph et de la femme de Putiphar). Il est également l'auteur d'une Histoire en vers des Rois de Perse que l'on trouve réunie aux cinq trésors.

Voir la reproduction photographique.

* * *

7. — MANUSCRIT. — Nizami. Abrégé de l'Histoire en vers des Rois de Perse.

1 vol. in-8° (13 × 21). Reliure persane de la fin du XVIIIe siècle. **Les plats en laque** foncée reproduisent des scènes de la vie intérieure du Palais Persan. Au verso d'un des plats est représenté un Derviche persan.

Manuscrit sur papier de Chine de Khanbalèghe, légèrement teinté, écrit vers l'an 1100 de l'Hégire en belle écriture **Nastalique** disposée sur quatre colonnes à la page encadrées de filets.

Dix Miniatures représentant des scènes historiques. Très joli Sarloh (Frontispice).

* * *

8. — MANUSCRIT. — Agha Ibrahim Nedjoum. Monedjemi ou le Livre de l'Astronomie.

1 vol. in-8° (16 × 24) de 212 ff. Reliure persane en laque ornée de bouquets. Etat médiocre.

Manuscrit du XIII° siècle sur papier de Chine de Khanbalèghe légèrement teinté, écrit vers l'an 680 de l'Hégire par **Agha Ibrahim**. Belle écriture **Naskhe** disposée sur une colonne à la page.

Plus de **quatre-vingts Miniatures** et **Dessins** représentant les signes du Zodiaque, les Constellations, Oiseaux, Serpents, Objets divers, etc,

Ce Manuscrit porte en Persan la mention suivante :
Ecrit pour le Schah Souleiman.

* * *

9. — MANUSCRIT. — OEuvres complètes du philosophe KHAGANI.

1 vol. in-8° (15 × 25). Reliure sans intérêt.

Manuscrit sur papier de Chine de Khanbalèghe écrit vers l'an 1158 de l'Hégire en belle écriture **Nastalique** disposée sur deux col. à la page, environ 500 ff.

Onze Miniatures d'un très beau coloris représentant des scènes d'intérieur. Cinq Sarlohs (Frontispices), fond or et lapis-lazuli.

* * *

10. — MANUSCRIT. — Schahmardan-Razi (Philosophe) Nozhatnamé ou Livre de distraction.

1 vol. in-8° (16 × 24) de 285 ff. *Manuscrit* écrit au XII° siècle.
Ecriture **Naskhe** très ancienne.

Ce livre a été écrit pour le Roi du peuple **Kakou de Mazandaran**, surnommé **Amir Alaoudovlé Garschassouf**, fils de l'Amir Maïoud, fils d'Ali, fils de Schams'al-Mulu, fils de **Amir Faramarz Amir Ala ed Dovlé**, fils de Abu Djafar Mohamed Dichmiziar qui fut contemporain de **Abu Djafar Kaïm be Amroullah**, fils de **Abassi** *Khalifa*.

Ce livre est un résumé des sciences naturelles, astronomiques et médicales.
Cet ouvrage n'a jamais été imprimé (**Noskha**).

* * *

11. — MANUSCRIT. — BAHMAN-BEG *fils* de AHMED-BEG, fils de YOUSSOUF PACHA, né à Van. Généalogies en Turc.

1 vol. in-4° (22 × 31) de 60 ff. environ. Reliure Persane à recouvrement.

Manuscrit sur papier de soie (Tirma), écrit vers l'an 1091 de l'Hégire par **Zamedi-Redjeb**. Texte turc en écriture koranique.

Cet ouvrage se divise en deux parties. La première partie donne la généalogie du Prophète **Mohamed** et de ses ascendants depuis Adam. La deuxième partie retrace la généalogie de tous les prophètes connus depuis Adam jusqu'à l'an 1091 de l'Hégire et celle des Rois Musulmans leurs contemporains, avec les dates de naissance, d'avènement, de mort et la durée du règne de ces Princes. Chaque Arbre généalogique porte des cachets et des signatures.

* * *

12. — MANUSCRIT. — Saadi Golestan et Ghezeliat ou Jardin de Fleurs, en vers.

1 vol. in-8° (16 × 24) de 405 ff. environ.
Manuscrit sur papier Tirma remonté, écrit vers l'an 1276 de l'Hégire. Ecriture **Nastalique** disposée sur deux colonnes séparées par un liséré vert et entourées d'une manchette encadrant le texte.
Six Miniatures d'un riche coloris et six très beaux Sarlohs (Frontispices).

* * *

13. — MANUSCRIT. — Khadja-Hakim-Chouara, c'est-à-dire Philosophe et Poète. Hadicat-ul-Hakika et Chariat-ul-Tarika ou Fleurs de la Vérité (arbre de science).

1 vol. in-4° (15 × 29) de 180 ff. environ.
Reliure ancienne en maroquin rouge.
Manuscrit sur papier de soie Indien dit Dovlatabad, écrit de 525 à 531 de l'Hégire par **Hussem-Parsi**. Belle écriture **Nastalique** Husseini disposée sur deux colonnes à la page.
Six Miniatures d'une jolie exécution occupent chacune une page entière. Un Sarloh (Frontispice) commence ce volume.
Nombreux Sceaux. Le dernier possesseur de cet exemplaire l'a emporté de la Bibliothèque Royale pour s'indemniser d'une dette contractée à son égard.
Ce livre n'a jamais été imprimé (Noskha).

* * *

14. — MANUSCRIT. — Navaï. Poésies en langue turque Djeghataï.

1 vol. in-8° (16 × 26) de 22 ff. environ.
Reliure en laque de Perse.
Manuscrit sur papier de Chine remonté, écrit au XVIe siècle par **Mir Ali Kateb**, professeur de **Mir Imad**. Belle écriture **Nastalique** disposée sur deux colonnes.
Quatre Miniatures. Un Sarloh (Frontispice) et en-tête de chapitres à chaque feuille.

* * *

15. — MANUSCRIT. — Firdaoussi. Histoire de la dynastie des Rois de Perse.

1 vol. in-8° (18 × 30) de 120 ff. environ.

Manuscrit sur papier de Chine écrit au XVI° siècle.

Écriture **Nastalique** disposée sur quatre colonnes.

Vingt Miniatures très mouvementées retracent principalement des scènes de combats, rappelant les hauts faits d'armes des Rois. Un Sarloh (Frontispice) commence ce volume qui porte les Sceaux personnels de **Moïne Dowlé**, Ministre de Perse et de **Hassan-Ali-Khan**, Prince Royal.

* * *

16. — MANUSCRIT. — Mhemed-Ibne-Malike-Chafeï. Charke Efié, ou Commentaire de 1.000 vers.

1 vol. in-8° (12 × 20) de 150 ff. environ.

Reliure du XVI° siècle sur laquelle on peut lire au recto la description du Portrait du Prophète en arabe et en persan. Au verso, nomenclature de quelques-uns des 1001 qualificatifs de Dieu.

Manuscrit sur papier de soie Tirma, écrit au XV° siècle en écriture **Koranique** disposée sur une seule colonne.

Entre autres cachets, ce volume porte celui d'un descendant du Prophète.

* * *

17. — MANUSCRIT. — Nizami-Divan. Histoire de Farhade-Shirin.

1 vol. in-12 (10 × 16) de 37 ff. environ.

Reliure du XVIII° siècle en laque, portant au recto la reproduction de quelques scènes royales et dont le verso est orné de bouquets de fleurs.

Manuscrit sur papier de Chine, écrit au XVII° siècle. Écriture **Nastalique** disposée sur deux colonnes.

Quatre Miniatures ayant trait au sujet. Un Sarloh (Frontispice) avec encadrement de fleurs et feuillage.

* * *

18. — MANUSCRIT. — Nizami. Histoire de Khosrow, Shirin et Farhade.

1 vol. format miniature (7 × 12) de 82 ff. environ. Reliure du XVII° siècle en laque de Perse.

Sur les plats recto et verso on remarque : 1° La reine Shirin devant son château; 2° Farhade, le tailleur de pierres enlevant la Reine sur son cheval; 3° La déclaration; 4° La Reine au bain.

Manuscrit sur papier de soie Tirma, écrit au XVII° siècle. Belle écriture Chikesté disposée sur deux colonnes à la page. Quatre Sarlohs (Frontispices) marquent le commencement des quatre parties de cet ouvrage.

* * *

19. — MANUSCRIT. — Menadjat ou Dialogue avec Dieu.

1 vol. in-12 (10 × 17) de 6 ff. environ.

Manuscrit sur papier de Chine, écrit au xviie siècle. Le texte arabe est en belle écriture **Nastalique**.

Deux jolies Miniatures dont l'une occupe la page entière. Deux Sarlohs (Frontispices) forment le début des deux parties de ce volume.

* * *

20. — MANUSCRIT. — Placet adressé au Schah Djéhan.

1 vol. in-12 (11 × 18) de 9 ff. environ.

Manuscrit écrit sur papier de Chine remonté sur papier teinté à semis d'or. Écrit au xvie siècle. Très belle écriture **Nastalique** sur une seule colonne à la page.

Deux Miniatures occupent la page entière.

* * *

21. — MANUSCRIT. — Hafiz. Poésies.

1 vol. in-12 (8 × 14) de 160 ff. environ.

Manuscrit sur papier de soie Tirma, écrit au xviiie siècle. Écriture **Chikesté** disposée sur deux colonnes avec encadrements formant manchettes.

Six Miniatures, d'un beau coloris, occupant la page entière, retracent des scènes d'intérieur. Un Sarloh (Frontispice) forme le début de ce volume.

* * *

22. — MANUSCRIT. — Calendrier dédié au Schah Nasser-ed-Dine.

1 vol. in-8° (14 × 22) de 16 ff. environ.

Manuscrit sur papier de soie Tirma rosé, écrit au xixe siècle. Belles écritures **Nastalique** et **Koranique**. Quatre Sarlohs (Frontispices). Toutes les pages de ce volume sont à fond d'or et on y remarque plusieurs titres ornés et de nombreux bouts de lignes.

* * *

23. — MANUSCRIT. — Nizami. Histoire de Leïla et Medjnoun.

1 vol. in-16 (7 × 12) de 80 ff. environ.

Manuscrit sur papier de soie (Tirma), écrit au xviiie siècle. Écriture **Chikesté** sur deux colonnes à la page.

Seize petites Miniatures représentant les différents épisodes des amours de Leïla et Medjnoun. Un Sarloh (Frontispice) au commencement de l'ouvrage.

Ce Manuscrit porte le cachet de **Abdel-Vehab**.

* * *

24. — MANUSCRIT. — Hafiz. Poésies.

1 vol. in-8° (12×20) de 224 ff. environ. Reliure du xviiie siècle agrémentée au recto de bouquets de fleurs.
Manuscrit sur papier de Chine, écrit au xviie siècle. Ecriture **Nastalique** disposée sur deux colonnes. Trois gracieux Sarlohs (Frontispices) servent d'en-têtes aux trois parties de ce volume.

* * *

25. — MANUSCRIT. — Hafiz. Poésies.

1 vol. format miniature (5×9) de 180 ff. environ.
Intéressante reliure du xviiie siècle, à recouvrement. Au recto, filets et rinceaux formant encadrement. Au verso, fleurs d'or se détachant sur fond noir.
Manuscrit sur papier de Chine de Khanbalèghe teinté de couleurs variées, écrit au xviie siècle par **Ghévam-Ibne Mohamed**, célèbre calligraphe, né à Chiraz. Bonne écriture **Nastalique** disposée sur deux colonnes.
Quatre jolies Miniatures, un Sarloh (Frontispice) forme le titre de l'ouvrage.

* * *

26. — MANUSCRIT. — Scheikh Baha. Nane Halva ou Satires Persanes.

1 vol. in-8° (14×23) de 35 ff. environ.
Reliure du xixe siècle en velours violet.
Manuscrit sur papier de Chine, écrit vers l'an 1314 de l'Hégire, par **Molla-Bachi**. Ecriture **Nastalique** disposée sur deux colonnes à la page.
Dix Miniatures ayant trait au sujet. Deux Sarlohs (Frontispices) forment les titres des deux parties de cet ouvrage.

* * *

26 *bis*. — MANUSCRIT. — Calendrier dédié au Schah Nasser ed Dine.

1 vol. in-8° (16×24) de 16 ff. environ.
Reliure du xixe siècle en chagrin rouge. *Manuscrit* sur papier ordinaire, écrit dans le courant du siècle dernier. Ecritures **Koranique** et **Nastalique**. Deux Sarlohs (Frontispices).

* * *

27. — ALBUM contenant les portraits de plusieurs personnages, quelques planches représentant des bouquets de fleurs et d'autres, différents oiseaux. — Au total 24 pièces dans un volume in-8° (13 × 20).

* * *

28. — MANUSCRIT. — Hafiz. Recueil de Poésies.

Hafiz Mohamed-Chems-Eddyn, poète Persan, né à Chiraz au commencement du XIVe siècle, mort vers l'an 1389, a mérité par la grâce de ses poèmes et aussi par la licence de ses ouvrages le surnom de l'Anacréon de la Perse.

1 vol. in-8° (10 × 16) de 175 ff: environ.

Intéressante reliure du XVIIe siècle en laque de Kachemire. Le recto des plats est agrémenté d'ornements reproduisant des rinceaux inouïs de finesse; entouré d'un double liséré formant encadrement, à l'intérieur on distingue une grande feuille de palmier sur un semis de petites fleurs.

Manuscrit sur papier de soie Tirma, écrit vers l'an 985 de l'Hégire par **Berkhordar**. Jolie écriture **Nastalique** disposée sur deux colonnes à la page. Ce volume est un chef-d'œuvre de composition dans lequel on distingue sur chaque feuillet des titres et lettres onciales entourés de petites fleurs sur fond or formant encadrement.

Les différents versets, également sur fond d'or, sont séparés les uns des autres par des lisérés à l'or fin formant compartiments.

Deux très beaux Sarlohs (Frontispices) commencent les deux parties dont se compose cet ouvrage.

Ce Manuscrit provient de la bibliothèque du Schah et porte la date de 1014 de l'Hégire au mois de Redjeb.

* * *

29. — MANUSCRIT. — Malik-ed-Dine. Teïmour-Namé ou Histoire de Tamerlan.

Tamerlan, héros tartare que les historiens orientaux nomment Teïmour-Sengue ou Emir-Teïmour, naquit en l'an 736 de l'Hégire.

1 vol. in-8° (15 × 23) de 150 ff. environ.

Reliure du XIXe siècle.

Manuscrit sur papier de Chine de Khambalèghe, écrit vers l'an 998 de l'Hégire par **Sadredine-Mohamed**. Très jolie écriture **Nastalique** disposée sur deux colonnes à la page. Un Sarloh (Frontispice) commence cet ouvrage.

* * *

30. — MANUSCRIT. — Yakout. Nomenclature de 56 des 1.001 qualificatifs de Dieu.

Yakout, habile calligraphe arabe du XIIIe siècle, s'était établi à Mossul après avoir passé plusieurs années au service du Schah de Perse **Abou'l-Fath-Melic-Schah**. Il a joui d'une réputation si grande que les élèves arrivaient de provinces fort éloignées pour recevoir ses leçons.

1 vol. in-8° (12 × 22) de 14 ff. environ.

Reliure du XVIIe siècle, défraîchie.

Manuscrit **très rare** sur papier ramie très ancien, écrit vers l'an 600 de l'Hégire par **Yakout** lui-même ainsi qu'en atteste sa signature.

Très curieuse et très rare écriture Yakouti remarquable par la précision des caractères.

Ce Manuscrit porte la signature de **Yakout** et constitue un **exemplaire unique**.

* * *

31. — MANUSCRIT. — Meikhaneï-Raz ou Cabaret des Mystères.

1 vol. in-8° (15 × 25) de 182 ff. environ. Reliure persane du XVIII° siècle, un peu défraîchie.

Manuscrit sur papier de Chine de Khanbalèghe à semis d'or, écrit vers l'an 1064 de l'Hégire par **Nasroullah**.

Très belle écriture **Nastalique** disposée en colonnes séparées par des filets formant compartiments.

Deux Sarlohs (Frontispices) marquent le commencement des deux chapitres composant cet ouvrage. Ornements polychromes et lapis-lazuli rehaussés d'**Or pur**. Ce Manuscrit porte les sceaux personnels de **Abdoullah Ardalani** et de Mobaïne Saltane, Ministre **Persan**.

* * *

32. — MANUSCRIT. — Histoire du règne de TCHANGUIZ KAHN et de ses descendants en Irane et en Tourane.

1 vol. in-8° (22 × 36) de 200 ff. environ. Reliure persane du XIX° siècle.

Manuscrit sur papier Tirméï Dovletabad, écrit vers l'an 729 de l'Hégire. Très curieuse écriture **Naskh**.

1 Sarloh (Frontispice) commence le volume.

Ce Manuscrit porte le sceau personnel de **Cheikh Ali Beg Yavar**.

Volume dans un état médiocre.

* * *

33. — MANUSCRIT. — Histoire de NADIR-SCHAH.

1 vol. in-4° (19 × 30) de 115 ff. environ. Reliure persane du XVIII° siècle, légèrement fatiguée.

Manuscrit sur papier de soie (Tirma), écrit vers l'an 1145 de l'Hégire. Jolie écriture **Nastalique**.

Une seule **Miniature** très animée, représentant un épisode de la bataille livrée par Nadir-Schah, en Hindoustan, à Mohamed-Schah.

Un Sarloh (Frontispice) forme le titre de cet ouvrage.

* * *

34. — MANUSCRIT. — Hafiz. Œuvres complètes.

1 vol. in-8° (11 × 20) de 130 ff. environ.

Reliure persane du XVII° siècle. Les plats de cette reliure sont ornés au centre d'un arbuste fleuri portant des oiseaux sur ses branches, formant un médaillon polychrome sur fond noir agrémenté de fines arabesques rehaussées d'or pur; l'ensemble entouré d'un double filet formant encadrement et bordé d'un semis de fleurs d'or. A l'intérieur, on remarque une grande tulipe sur fond rouge encadré d'un filet d'or.

Manuscrit sur papier de soie Tirma, écrit vers la fin du XVII° siècle. Splendide écriture **Chikesté** occupant deux colonnes à la page. Deux Sarlohs (Frontispices) forment les titres de cet ouvrage dont tous les en-têtes de chapitres sont en mosaïque d'or.

Admirable d'exécution et de finesse. Tous les versets sont séparés par des larges filets rehaussés d'or pur.

Ce livre porte le sceau d'un Prince Royal à qui il a appartenu et qui en a utilisé les premières et dernières feuilles pour y consigner ses Mémoires.

* * *

35. — MANUSCRIT. — Imame Tabrizi-Divane Mehre Mochteri, ou Traité d'Astronomie.

1 vol. in-12 (10 × 16) de 200 ff. environ.
Reliure du xviiie siècle en laque de Perse.
Manuscrit sur papier de Chine, écrit au xvie siècle. Belle écriture **Nastalique** disposée sur deux colonnes séparées par un double filet d'or formant encadrement. Un Sarloh à compartiments bleu et or commence cet ouvrage.
Cet exemplaire n'a jamais été imprimé (**Noskha**).

* * *

36. — MANUSCRIT. — Méthodes pour dresser le calendrier, dont deux en Persan, deux en Arabe, et un calendrier type.

5 tomes en 1 vol. in-12 (10 × 17) de 140 ff. environ.
Manuscrit sur papiers différents, écrit vers l'an 1153 de l'Hégire ; écritures **Nastalique** et **Koranique**.

* * *

37. — MANUSCRIT. — Amir Moghra. Poésies diverses dont chacune se termine par une lettre de l'alphabet en suivant l'ordre.

1 vol. in-8° (13 × 21) de 170 ff. environ.
Manuscrit sur papier ordinaire. Ecriture **Nastalique** disposée sur deux colonnes à la page.

* * *

38. — MANUSCRIT. — Hafiz. Œuvres complètes (Poésies).

1 vol. in-8° (19 × 34) de 175 ff. environ. Reliure ancienne, fatiguée.
Manuscrit sur papier courant, écrit vers l'an 1265 de l'Hégire; écriture **Nastalique** disposée sur deux colonnes à la page.
Cet ouvrage porte les cachets de **Agha Mirza** et de **Mohamed Ali**.

* * *

39. — MANUSCRIT. — Mohamed Ibne Malike Chafeï (Réunion de 1.001 vers arabes).

1 vol. in-8° (15 × 20) de 72 ff. environ; *Manuscrit* sur papier de Chine. Ecriture **Koranique** ancienne.

* * *

40. — MANUSCRITS :

1° Sarfe-Mir ou Grammaire.

1 vol. in-8° (16 × 22) de 22 ff. environ; *Manuscrit* sur papier ancien, écrit au xv° siècle. Ecriture **Koranique**.

2° Sharhe Avamil ou Grammaire commentée.

1 vol. in-8° (16 × 22) de 24 ff. environ; *Manuscrit* sur papier ancien, écrit au xv° siècle. Ecriture **Koranique**.

3° Siouti ou Grammaire arabe.

1 vol. in-8° (15 × 22) de 126 ff. environ; *Manuscrit* sur papier ancien, écrit au xv° siècle. Ecriture **Koranique**.

Ce dernier ouvrage porte les sceaux et signatures de **Mohamed Hassan Ibne Hadji** et de **Mohamed Mehdi**.

* * *

41. — MANUSCRIT. — Siouti ou Grammaire générale en Arabe.

3 tomes en 1 vol. in-8° (15 × 20) de 140 ff. environ.

Manuscrit sur papier ancien, écrit vers l'an 1235 de l'Hégire. Ecriture **Koranique** occupant la page entière.

Ce volume porte les sceaux et signatures de plusieurs personnages à qui il a appartenu.

* * *

42. — MANUSCRIT. — Khamsei-Nizami. Poésies en vers relatant l'histoire la plus complète des amours du Roi Khosrov et de la Reine Shirin.

In-8° (20 × 30), ancienne reliure.

Manuscrit du xvi° siècle composé de 151 ff., sur papier de Chine de Kanbalèghe. Très belle écriture **Nastalique** disposée sur quatre colonnes à la page.

Huit jolies Miniatures se rapportant au sujet (scènes de chasses, combats, vie domestique, etc.). Quatre Sarlohs (Frontispices) dont deux occupant chacun une page entière.

* * *

42 bis. — MANUSCRIT. — Ibadoullahe-Ali-Ibne (fils), Hussamed-Dine, Djevame-Ul-Kelem-Fi-Ul-Mouaviz. Recueil des meilleurs vers philosophiques des grands poètes persans, classés alphabétiquement.

1 vol. in-16 (9 × 15). Ancienne reliure persane à plats en laque décorés de bouquets de fleurs entourés de lisérés formant encadrements.

Manuscrit du XVᵉ siècle composé de 112 ff. sur papier de soie de la plus grande finesse.

Très belle écriture **Nastalique**, dite **Rachida**, et faite de la main même du plus grand calligraphe persan, **Maitre Abdul-Rachid-Deïlami**, dont les œuvres sont rarissimes. Cette écriture, disposée sur fond d'or formant semis, est merveilleuse.

Après avoir été expertisé par le lettré **Ahmed-Chablou** qui a témoigné de l'ancienneté et de l'authenticité de l'écriture, ce livre a été acheté en 1249 de l'Hégire par S. A. I. **Mahmoud-Mirza**, pour la somme de 30 tomans (10.000 dinars), soit 360 fr. de notre monnaie.

Ce Manuscrit porte l'Ex-Libris de S. A. I. **Mahmoud-Mirza**, ainsi que celui de **Mehdi-Moussavi** et en dernier lieu celui d'un Prince impérial.

IMPRIMÉS

43. — IMPRESSION. — Hafiz. Poésies. — *In-8° relié*.

44. — IMPRESSION. — Divan Hakaïk. Recueil philosophique. — *In-8° relié*.

45. — IMPRESSION. — Khosrovnamé ou Histoire des Rois de Perse. Portrait de l'auteur, un des descendants de Fathali-Schah. — *In-8° relié*.

46. — IMPRESSION. — Saadi-Gulistan ou Jardin de Fleurs. Philosophie et poésies. Quelques gravures. — *In-8° relié*.

47. — IMPRESSION. — Tezkereï Medjdié ou Biographie du Schah Nasser ed Dine et de ses Ministres, avec leurs portraits. — *In-8° relié*.

48. — IMPRESSION. — Cheikh Mahmoud Chabestari. Golchane-Raz ou Questionnaire philosophique. — *In-8° relié*.

MINIATURES

49. — **MINIATURE** du XVIᵉ siècle. — Véritable tableau (33 × 48) d'une richesse de ton et d'un fini d'exécution incomparables. Cette Miniature représente une scène de chasse. Au premier plan, une biche, tenue en laisse, sert d'appât pour attirer le cerf. Un peu plus loin, l'Empereur du Mogol, AKBAR-SCHAH, à l'affût avec un de ses fils et un ministre. se prépare à tirer sur le cerf dont il est séparé par un bouquet d'arbustes. La scène se passe dans une prairie boisée, au bord d'une rivière sur les rives de laquelle on aperçoit à gauche un château dominant le paysage et de l'autre côté le campement Impérial abritant le harem. Très joli effet de perspective. Cette Miniature est entourée d'un liséré vermillon à multiples fleurettes à l'**Or pur** formant encadrement se détachant sur fond maïs agrémenté de rinceaux, fleurs, etc., rehaussés à l'**Or fin.**

Le verso de cette merveilleuse pièce est constitué de 2 feuillets appliqués sur fond bleu entourés de lisérés formant encadrement séparé pour chaque feuillet. Sur les feuillets on peut lire quelques essais poétiques écrits au XVIᵉ siècle en **Nastalique** par le célèbre calligraphe MIR-IMAD. Le fond, ocre pâle, est orné de dessins à l'**Or pur** représentant des fleurs et sujets divers.

* * *

Miniature N° 49

L'une des Miniatures du Manuscrit portant le N° 51

L'une des Miniatures du Manuscrit portant le N° 32

50. — MINIATURE ancienne de toute beauté représentant une scène de la vie Indo-Persane. Au premier plan, une dame du Harem de AKBAR-SCHAH se baigne dans la rivière. Sur la rive, la Reine richement costumée, à demi-prosternée devant le grand VAÉZE, semble le consulter. Un groupe de suivantes accompagne la Reine et portent les présents que la Reine offre au VAÉZE. Tous ces personnages sont groupés au bord de l'eau à l'orée d'une forêt dont le sous-bois est traité de merveilleuse façon et où se devine le talent d'un grand Maître. Sur la gauche, un château. Au dernier plan, remarquable effet de soleil couchant obtenu par un combiné habile d'or et de vermillon. Cette pièce, d'un coloris intense et en parfait état de conservation, est entourée d'un liséré cerise orné de motifs divers à l'**Or pur ;** elle est appliquée sur carton léger à fond bleu sur lequel se détachent des rinceaux, arabesques et motifs variés du plus gracieux effet.

Très beau cadre en laque persane, représentant des scènes de chasses, combats, etc.

* * *

51. — MINIATURE du xvie siècle représentant un religieux auquel un personnage richement costumé apporte des grenades. Un peu plus loin, un ministre semble venir demander des conseils à cet anachorète dont la barbe et les cheveux très longs indiquent le vœu qu'il a fait de les laisser pousser. Au deuxième plan, bois, paysages, éléphants, animaux sauvages.

Très belle Miniature, d'un puissant coloris, entourée d'un liséré formant bordures, et appliquée sur carton léger à fond ocre rouge constituant un encadrement décoré à l'**Or pur** et à l'**Argent** de motifs divers : Personnages, Animaux, Oiseaux, Ornements et rinceaux d'un très bel effet.

Voir la reproduction photographique.

* * *

52. — MINIATURE du xviie siècle représentant l'Empereur des Indes (*le Schah DJEHANGUIR*) en costume d'apparat.

Cette Miniature, chef-d'œuvre du genre, est entourée d'un triple liséré formant bordures. Elle est appliquée sur carton léger à fond gros bleu constituant un encadrement décoré à l'**Or pur** de motifs variés : Fleurs, Oiseaux, Animaux.

Voir la reproduction photographique.

* * *

53. — MINIATURE du xvi° siècle représentant un ermite en prière et à
    genoux. Il tient un chapelet à la main, son turban devant lui et à
    sa gauche une antilope. Au deuxième plan, arbres, perspective de
    paysages.

Cette Miniature, de toute beauté, est entourée d'un liséré formant bordures. Elle
est appliquée sur carton léger à fond bleu foncé constituant un encadrement décoré
à l'**Or pur** de motifs variés : Grappes de raisin, Feuillages, etc.

* * *

54. — MINIATURE du xvi° siècle représentant deux religieux en prière et
    à genoux dans un paysage s'étendant au loin. (*L'une des figures
    a été grattée*).

Cette Miniature est entourée d'un double liséré formant bordures; elle est appliquée sur carton léger à fond corail pâle constituant un encadrement décoré à l'**Or pur**
de motifs variés : Oiseaux, Fleurs, Papillons, etc.

* * *

55. — MINIATURE du xviii° siècle représentant une Reine indienne tenant
    une rose à la main.

Cette Miniature, entourée d'un double liséré formant bordures, est appliquée sur
carton léger à fond bleu foncé constituant un encadrement décoré à l'**Or pur** de motifs
variés : Grappes de raisin et Feuillages.

* * *

56. — MINIATURE du xvi° siècle représentant au premier plan un religieux
    en prière devant une mosquée et à genoux sur une peau de lion.
    On remarque par l'abondance de la barbe et des cheveux que cet
    anachorète a fait vœu de les laisser pousser sans jamais les couper.
    Au deuxième plan, rocs et forêt; dans le lointain, sur une hauteur,
    on aperçoit une forteresse.

Cette splendide Miniature, entourée d'un triple liséré lapis-lazuli formant bordures, est appliquée sur carton léger à fond bleu constituant un encadrement décoré
à l'**Or pur** de motifs divers : Fleurs, Feuillages, etc., du plus gracieux effet.

* * *

Miniature

57. — MINIATURE du xviiie siècle représentant une scène de fiançailles. Le fiancé offre des friandises et des pains de sucre. Cette scène forme écran supporté par 6 personnages.

Cette Miniature, entourée d'un triple liséré formant bordures, est appliquée sur carton léger à fond gris constituant un encadrement décoré à l'**Or pur** de motifs divers : Animaux, Fleurs, Feuillages.

* * *

58. — MINIATURE du xviiie siècle représentant un Roi assis sur un trône. Au premier plan un serviteur lui présente des fruits sur un plat d'or.

Cette Miniature est entourée d'un double liséré formant bordures; elle est appliquée sur carton léger à fond gris constituant un encadrement décoré à l'**Or pur** de motifs variés : Fleurs, Feuillages, Animaux.

* * *

59. — MINIATURE du xviiie siècle représentant un Roi assistant à l'exécution d'un prétendant au trône. Le prisonnier, dont les bras et les pieds sont liés, est maintenu courbé par le chef bourreau qui l'égorge et l'on voit le sang gicler dans une coupe d'or.

Cette Miniature, d'un beau coloris, entourée d'un liséré formant bordures, est appliquée sur carton léger à fond gris ardoise constituant un encadrement décoré à l'**Or pur** de motifs variés : Animaux, Oiseaux, Fleurs, Feuillages, etc.

* * *

60. — MINIATURE du xviiie siècle représentant deux Rois richement costumés et semblant se parler.

Cette Miniature, très riche de coloris, entourée d'un liséré formant bordures, est appliquée sur carton léger à fond gris ardoise constituant un encadrement décoré à l'**Or pur** de motifs variés : Feuillages, Animaux, etc., du plus heureux effet.

* * *

61. — MINIATURE du xviii° siècle représentant un héros traversant un chemin que ses ennemis ont couvert de morceaux de bois et brindilles enflammés.

Cette Miniature, entourée d'un liséré formant bordures, est appliquée sur carton léger à fond gris ardoise constituant un encadrement décoré à l'**Or pur** de motifs variés : Oiseaux, Fleurs, etc.

* * *

62. — MINIATURE du xviii° siècle représentant un Roi assistant à la bastonnade d'un criminel.

Cette Miniature est entourée d'un liséré formant bordures, elle est appliquée sur carton léger à fond gris ardoise constituant un encadrement décoré à l'**Or pur** de motifs variés : Personnages, Animaux, Oiseaux, etc.

* * *

63. — MINIATURE du xviii° siècle représentant une scène de combat.

Cette Miniature, entourée d'un double liséré formant bordures, est appliquée sur carton léger à fond gris ardoise constituant un encadrement décoré à l'**Or pur** de motifs variés : Animaux et Feuillages.

* * *

64. — MINIATURE du xviii° siècle représentant deux guerriers se poursuivant. L'un des deux tombe dans une fosse et son adversaire assiste à sa mort.

Cette Miniature est entourée d'un liséré formant bordures, elle est appliquée sur carton léger à fond gris ardoise constituant un encadrement décoré à l'**Or pur** de motifs variés : Fleurs, Feuilles, Oiseaux, Animaux.

* * *

65. — MINIATURE du xviii° siècle représentant un guerrier coiffé d'un casque surmonté d'une tête de tigre. Ce personnage enfonce son poignard dans le cœur d'un démon. Dans la partie supérieure de cette pièce se trouve une poésie de quelques lignes exposant le sujet.

Cette Miniature, entourée d'un liséré formant bordures, est appliquée sur carton léger à fond gris ardoise formant un encadrement décoré à l'**Or pur** de motifs variés : Fleurs, Feuillages, Oiseaux.

* * *

Miniature N° 70

66. — MINIATURE du xviiie siècle représentant deux guerriers à cheval et combattant l'un contre l'autre. L'un des cavaliers est parvenu à désarçonner son adversaire qu'il tient suspendu à bras-de-corps.

Cette Miniature, entourée d'un liséré formant bordures, est appliquée sur carton léger à fond gris ardoise constituant un encadrement décoré à l'**Or pur** de motifs divers : Personnages, Fleurs, Fruits, Feuillages.

* * *

67. — MINIATURE du xviiie siècle représentant le grand guerrier (Rustem Zal) à cheval et combattant un guerrier monté sur un éléphant. *Rustem Zal* lance un lazzo venant s'enrouler au cou de son adversaire.

Cette Miniature est entourée d'un liséré formant bordures. Elle est appliquée sur carton léger à fond gris ardoise constituant un encadrement décoré à l'**Or pur** de motifs variés : Fleurs, Feuillages, Animaux.

* * *

68. — MINIATURE du xviiie siècle représentant 2 guerriers à cheval et se poursuivant.

Cette Miniature est entourée d'un liséré formant bordures. Elle est appliquée sur carton léger à fond gris ardoise constituant un encadrement décoré à l'**Or pur** de motifs variés : Fleurs, Fruits, Feuillages, Animaux, Oiseaux, etc.

* * *

69. — MINIATURE du xviie siècle représentant un lion. *Pièce datée et signée de* Reza Abbassi *et dédicacée à son fils.*

Cette Miniature, fort belle, est entourée d'un liséré formant bordures. Elle est appliquée sur carton léger à fond orange constituant un encadrement décoré à l'**Or pur** de motifs variés : Fleurs, Feuillages, etc.

* * *

70. — MINIATURE du xviie siècle (*commencement*) représentant un Derviche. *Pièce datée et signée de* Reza Abbassi *et dédicacée à son fils.*

Cette Miniature, fort jolie, est entourée d'un liséré formant bordures. Elle est appliquée sur carton léger à fond orange constituant un encadrement décoré à l'**Or pur** de motifs variés : Fleurs, Feuillages, Grappes de raisin, etc.

* * *

71. — MINIATURE du xvıı^e siècle (*commencement*) représentant un moufflon attaché dans le but de servir d'appât pour la chasse aux fauves. OEuvre de Rizaï Abassi.

Cette Miniature est entourée d'un liséré formant bordures. Elle est appliquée sur carton léger à fond orange constituant un encadrement décoré à l'**Or pur** de motifs variés : Fleurs, Feuillages, etc.

* * *

72 — MINIATURE du xıx^e siècle représentant un oiseau perché sur une branche.

Cette Miniature, entourée d'un liséré formant bordures, est appliquée sur carton léger à fond gris ardoise constituant un encadrement décoré à l'**Or pur** de motifs variés : Fleurs, Feuillages, etc.

* * *

73. — MINIATURE du xvııı^e siècle représentant un lion. Pièce signée ZEMAN.

Cette Miniature est entourée d'un liséré formant bordures. Elle est appliquée sur carton léger à fond ocre constituant un encadrement décoré à l'**Or pur** de motifs divers : Feuillages, etc.

* * *

74. — MINIATURE du xvıı^e siècle représentant une dame indienne se lavant les pieds. Pièce datée 1099 de l'Hégire et signée MIRZA RAFFI, d'Ispahan.

Cette Miniature est entourée d'un liséré formant bordures, elle est appliquée sur carton léger à fond gris ardoise constituant un encadrement décoré à l'**Or pur** de motifs variés : Animaux, Fleurs, Feuillages, etc.

* * *

75. — MINIATURE du xvıı^e siècle représentant un Prince Indien dans son costume national.

Cette belle Miniature, signée **Manouher**, entourée d'un liséré formant bordures, est appliquée sur carton léger à fond gris ardoise constituant un encadrement décoré à l'**Or pur** de motifs et rinceaux d'un gracieux effet.

* * *

76. — MINIATURES du xviiie siècle représentant : 1° une Reine Persane assise sur un trône ; 2° un Prince Persan. *Ensemble 2 pièces.*

Ces Miniatures d'un joli coloris, entourées chacune d'un liséré formant bordures, sont appliquées sur cartons légers à fonds variés constituant des encadrements décorés à l'**Or pur** de motifs divers : Animaux, Feuillages, etc.

* * *

77. — MINIATURE du xixe siècle représentant une musicienne Indienne tenant son instrument.

Cette Miniature d'un bon coloris, entourée d'un liséré formant bordures, est appliquée sur carton léger à fond gris ardoise constituant un encadrement décoré à l'**Or** et à l'**Argent** de motifs variés : Feuillages, Animaux, Fleurs, etc., d'un très bel effet.

* * *

78. — MINIATURE du xviiie siècle représentant 2 personnages dont une religieuse faisant une prière devant un temple.

Cette Miniature, entourée d'un liséré formant bordures, est appliquée sur carton léger à fond rose constituant un encadrement décoré à l'**Or pur** de motifs variés : Fleurs, Feuillages, Oiseaux, etc.

* * *

79. — MINIATURE du xviie siècle représentant une Reine Persane regardant un belluaire domptant un lion.

Cette Miniature, entourée d'un liséré formant bordures, est appliquée sur carton léger à fond bleu constituant un encadrement décoré à l'**Or pur** de motifs variés : Fleurs, Feuillages, etc.

* * *

80. — MINIATURE du xviiie siècle représentant deux personnages lisant.

Cette Miniature est entourée d'un liséré formant bordures, elle est appliquée sur carton léger à fond ocre constituant un encadrement décoré à l'**Or pur** de motifs variés : Oiseaux, Fleurs, Feuillages, etc.

* * *

81. — MINIATURE du xviii° siècle représentant un Indien en costume national.

Cette Miniature est entourée d'un liséré formant bordures, elle est appliquée sur carton léger à fond violet constituant un encadrement décoré à l'**Or pur** de motifs variés : Animaux, Fleurs, Feuillages, etc.

* * *

82. — MINIATURE du xviii° siècle représentant une scène de chasse.

Cette Miniature, entourée d'un liséré formant bordures, est appliquée sur carton léger à fond ocre pâle constituant un encadrement décoré à l'**Or pur** de motifs variés : Fleurs et Feuillages.

* * *

83. — MINIATURE du xviii° siècle représentant l'entrée et la réception d'un Roi dans son harem.

Cette Miniature, un peu abîmée, est entourée d'un liséré formant bordures; elle est appliquée sur carton léger à fond ocre constituant un encadrement décoré à l'**Or pur** de motifs variés : Fleurs et Feuillages.

* * *

84. — MINIATURE du xix° siècle représentant 2 dames Indiennes s'embrassant.

Cette Miniature, entourée d'un liséré formant bordures, est appliquée sur carton léger à fond gris ardoise constituant un encadrement décoré à l'**Or pur** de motifs variés : Fleurs, Feuillages et Animaux.

* * *

85. — MINIATURE du xviii° siècle représentant un Religieux Persan dont la biographie se trouve écrite en partie au-dessus et au bas de la miniature.

Cette Miniature, entourée d'un liséré formant bordures, est appliqué sur carton léger à fond rubis constituant un encadrement décoré à l'**Or pur** de motifs variés : Feuillages et Animaux.

* * *

86. — TITRES DE CHAPITRES. — 2 pièces dont l'une possède en tête un médaillon dans lequel on reconnaît Ali, gendre de Mohamed le Prophète.

Ces 2 pièces, entourées chacune de lisérés formant bordures, sont appliquées sur cartons légers à fonds de couleurs variées constituant des encadrements décorés à l'**Or pur** de motifs divers : Animaux, Oiseaux, Fleurs, Feuillages, etc.

* * *

87. — FEUILLETS MANUSCRITS. — 3 pièces : 1° Verset du Koran (*Pièce datée et signée de* Mohamed Sadig). *Belle écriture Koranique.* — 2° Adresse. *Ecriture du calligraphe* Derviche. — 3° Proverbe persan. *Ecriture Nastalique.*

Ces 3 pièces, entourées chacune de lisérés formant bordures, sont appliquées sur cartons légers à fonds de couleurs variées constituant des encadrements décorés à l'**Or pur** de motifs divers : Animaux, Oiseaux, Fleurs, Feuillages, etc.

* * *

88. — MINIATURE représentant une femme nonchalamment étendue; près d'elle un homme semble lui tenir des propos galants.

Belle pièce entourée d'un large liséré et montée sur passe-partout à fond rosé décoré à l'**Or pur** de motifs variés : Feuillages, Ornements, etc.
Beau cadre ancien biseauté et à fronton. Mosaïque ivoire et bronze formant compartiments.

* * *

89. — MINIATURE représentant deux femmes dansant.

Pièce encadrée d'un double liséré et montée sur passe-partout, décorée de rinceaux et ornements à l'**Or pur** sur fond or.
Cadre ancien mosaïqué bois et ivoire à quintuple liséré formant encadrements.

* * *

90. — MINIATURE représentant une Reine persane, étendue sur une natte; près d'elle se tient debout une dame d'honneur.

Pièce entourée de lisérés rouge et lapis-lazuli; petits motifs rinceaux, fleurs, etc., formant décoration sur fond maïs.
Curieux cadre ancien en bois laqué, autour duquel est peinte une scène de chasse à nombreux personnages.

* * *

91. — MINIATURES. — 2 pièces : 1º une dame de l'aristocratie persane tenant un éventail à la main ; 2º Vaëze (*Prédicateur*) en costume.

Pièces entourées de lisérés et montées sur passe-partout à fond rosé décoré à l'**Or pur** de motifs variés : Animaux, Feuillages, etc.

Ces 2 pièces réunies dans un cadre ancien à biseaux, en laque à dessins kachemir.

* * *

92. — MINIATURE représentant un Roi assis sur son trône et écoutant ses sujets.

Pièce entourée d'un double liséré dont un avec texte indiquant la légende du sujet. Passe-partout à fond rosé décoré à l'**Or pur** de motifs variés : Animaux, Feuillages, etc.

Cadre ancien en laque de Perse à dessins kachemir.

* * *

93. — MINIATURE représentant un Roi et une Reine écoutant des musiciens.

Belle Miniature Indo-Persane entourée de multiples lisérés dont le dernier sur fond ocre représente un semis de fleurettes. Sur un autre liséré assez large et à fond noir sont écrits des vers persans.

Cadre ancien en mosaïque ivoire et bronze.

* * *

94. — MINIATURES. — 2 pièces représentant un musicien et une musicienne.

Ces 2 pièces réunies dans le même cadre sont néanmoins montées sur **deux** passe-partout différents de couleurs. Lisérés décorés de rinceaux dans lesquels sont dessinés à l'**Or pur** des motifs variés : Animaux, Fleurs, Oiseaux, etc.

Cadre ancien en mosaïque ivoire et bronze.

* * *

95. — MINIATURE représentant une Princesse portant un verre à ses lèvres.

Belle Miniature entourée de lisérés dont un assez large sur lequel se trouve écrit l'explication du sujet. Passe partout fond ocre décoré à l'**Or pur** de motifs variés : Animaux, Feuillages, Ornements divers.

Joli cadre ancien en laque persane.

* * *

96. — MINIATURE représentant deux danseuses au milieu d'un groupe de
musiciens.

Miniature entourée d'un liséré ocre rouge, montée sur passe-partout fond vert
décoré à l'**Or pur** de motifs variés : Animaux, Fleurs, etc.
Cadre en laque persane.

* * *

97. — MINIATURE représentant une femme à sa toilette et se coiffant.

Miniature entourée d'un liséré vert clair, montée sur passe-partout vert foncé
décoré à l'**Or pur** de rinceaux et ornements variés.
Cadre en laque persane.

* * *

98. — MINIATURE représentant une scène de chasse à nombreux personnages.

Miniature entourée d'un liséré vert clair, montée sur passe-partout vert foncé
décoré à l'**Or pur** de motifs variés.
Cadre ancien en laque persane formant une suite de médaillons dans lesquels
sont peints des bouquets de Fleurs, Feuillages, etc.

* * *

99. — MINIATURE représentant deux Vaëzes (*Prédicateurs*) dans leur
retraite.

Miniature entourée de lisérés et montée sur passe-partout à fond gris ardoise
décoré à l'**Or pur** et en semis de Fleurs, Feuillages, Oiseaux, etc.
Cadre ancien en laque persane.

* * *

100. — MINIATURE représentant un jeune Prince et une jeune Princesse
assistant à un concert et auxquels des serviteurs apportent des
rafraîchissements.

Très belle Miniature entourée d'un liséré et montée sur passe-partout décoré
à l'**Or pur** de motifs variés.
Cadre ancien biseauté en laque persane à compartiments renfermant des semis
de Fleurettes.

* * *

101. — MINIATURE représentant un Derviche en costume. Dessin sur fond bleu.

Miniature entourée d'un liséré et remontée sur fond crème avec ornements à l'**Or pur** représentant des Fleurs, Fruits, etc, rehaussés en couleurs.
Cadre en laque persane à médaillons kachemire.

* * *

102. — FEUILLETS DE MANUSCRITS. — Deux pièces représentant :

1° Un Sarloh (*Frontispice*).

2° Une garde de volume sur fond or avec semis de fleurettes polychromes, ornements au centre et aux angles.

Cadres en laque persane et en mosaïque bronze et ivoire.

* * *

103. — MINIATURES. — Deux pièces :

1° Leïla Medjnoun représentée à genoux auprès de son fiancé. Au deuxième plan, paysage dans lequel se trouvent des animaux sauvages.

2° Femme étendue nonchalamment sur une couchette, son amant venant lui carresser les seins. Cette miniature appliquée sur fond de soie rose.

Ces 2 Miniatures sont signées **Bani-Sani-Djani**, né à Mazendaran.
Deux cadres anciens en mosaïque.

* * *

104. — FEUILLET DE MANUSCRIT en écriture Nastalique, à l'**Or pur.** Petites fleurettes rouges, rinceaux et ornements variés, liséré formant encadrement.

Cadre en laque persane à petits compartiments.

* * *

105. — MINIATURES. — 2 pièces :

1° Reine à sa toilette et se coiffant.
2° Reine dansant.

Ces Miniatures sont montées sur passe-partout formant encadrements et ornés de motifs variés : Fleurs, Animaux, Feuillages, etc.
Cadres anciens en laque persane.

* * *

106. — FEUILLET DE MANUSCRIT en écriture Nastalique, à l'**Or pur.**
Pièce de vers écrite à l'encre noire sur large liséré à fond Or avec
fleurettes de couleurs.

Ce Feuillet, remonté sur papier rosé décoré à l'**Or pur,** est orné de rinceaux et
ornements divers.

* * *

107. — CACHET ROYAL. — Très belle pièce dont l'ornementation forme
une juxtaposition de rosaces fond bleu et fond or à semis de petites
fleurs, le tout encadré sur fond crème de jolis rinceaux à petites
fleurs de couleurs vives, feuillages dessinés à l'**Or pur.** Inscription
Nastalique sur cartouches et banderolles.

Cadre en laque persane.

* * *

108. — MINIATURE représentant le Roi FETHALI. Travail à l'ongle imitant
le relief de la pierre sculptée.

Deux Feuillets : sur l'un le portrait du Roi et sur l'autre la dédicace également
exécutée à l'ongle.

* * *

109. — PEINTURE sur peau de chèvre représentant un oiseau perché sur
une branche et entouré de roses, papillons, feuilles, etc. Sur fond
fauve avec encadrement rouge.

Travail ancien attribué au xvie siècle. Pièce de toute rareté.

* * *

109 *bis.* — MINIATURES. — 2 pièces anciennes représentant :
1° Une scène de chasse où un seul personnage se détache au
milieu d'animaux qu'il semble poursuivre.
2e Scène de conseil où le Roi, entouré de ses Fils et de ses
Ministres, semblent prendre des rafraîchissements.

Ces 2 **Miniatures** appliquées sur carton maïs.

* * *

110. — MINIATURES. — 4 pièces représentant les Rois de Perse : SCHAH
ABBAS, MOHAMED-SCHAH, KERIM KHAN ZEND, NADIR SCHAH en cos ·
tumes royaux.

* * *

111. — TALISMAN à double face, sur peau de chèvre. Sur une des faces, une gerbe de fleurs dans un encadrement à compartiments où sont cités les 12 Imans ou descendants du Prophète. Sur l'autre face, décoration florale dans un large encadrement contenant des versets du Koran.

Très belle pièce attribuée au xvıe siècle.

* * *

112. — MINIATURE représentant un Roi sur son trône, écoutant, en présence de son premier Ministre, les doléances d'une femme du peuple.

Miniature laquée entourée d'un triple liséré sur fond rouge et noir.
Pièce encadrée.

* * *

113. — FEUILLETS DE MANUSCRIT KOUFIK (4 feuillets) contenant des versets du Koran.

Cette pièce, écrite sur papier indien vers l'an 180 de l'Hégire, est de toute rareté.

* * *

114. — MINIATURE représentant une femme en costume de ville (pantalon bouffant et large manteau) ; elle tient un jeune chat dans ses bras.

Cadre en ivoire sculpté représentant des motifs décoratifs : Feuillages, Oiseaux, etc.

* * *

115. — FEUILLETS DE MANUSCRITS. — 6 pièces dont deux discours adressés à Mouzaffer-ed-Dine et Atabek, son premier Ministre. Sarloh (*Frontispice*), encadrement de page, etc.

* * *

116. — MINIATURES. — 4 pièces dont un très joli encadrement de cachet à fond or et lapis-lazuli, cavalier, sujets divers.

* * *

117. — AGHDNAME ou Contrat de Mariage revêtu des sceaux des Pasteurs. Belle écriture *Chikesté*.

Très jolie pièce avec lisérés de couleurs formant encadrements sur fond paille et décorés à l'**Or pur** de motifs variés : Fleurs, Feuillages, etc.

* * *

118. — PEINTURE A l'HUILE. — Portrait ancien sur toile (xviiᵉ siècle), représentant un Prince royal tenant un verre qu'il porte aux lèvres de sa fiancée (*Jolis costumes*).

Cadre en bois gainé d'étoffe persane ancienne.

* * *

119. — PEINTURE A L'HUILE. — Portrait ancien, en pied, sur toile (1ᵐ80 × 0ᵐ70), représentant le Prince Royal MEHDY GHOLI MIRZA, fils de FETALISCHAH, en grand costume d'apparat et coiffé du *Kolah* (Bonnet d'astrakan).

Peinture signée **Agha Mohamed Gholam**.

* * *

120. — PEINTURE A L'HUILE. — Portrait ancien, en pied, sur toile (1ᵐ80 × 0ᵐ70), représentant un Prince Persan en tunique bleue et *jupe-culotte* rouge. Il tient à deux mains un vase dans lequel se trouve un bouquet de roses.

* * *

121. — PEINTURE A L'HUILE. — Portrait ancien, en pied, sur toile (1ᵐ80 × 0ᵐ70), représentant un ambassadeur Européen en grand costume d'apparat.

Peinture signée **Mohamed Ghassem**.

* * *

122. — AGHDNAME ou Contrat de Mariage revêtu des sceaux des Prêtres. Douze lignes d'une très belle écriture *Chikesté*.

Très jolie pièce d'un merveilleux coloris, multiples lisérés formant encadrements. Dans le haut de la pièce, un Sarloh du plus gracieux effet sur fond or et lapis-lazuli.

* * *

123. — TALISMAN portant au centre le portrait de ALI et de ses deux fils HASSAN et HUSSEIN. Pièce à compartiments garnis de figures astronomiques, parmi lesquelles on retrouve les signes du Zodiaque.

Très joli Sarloh à fond or et lapis-lazuli.

* * *

124. — PEINTURE A L'HUILE. — Portrait ancien, sur toile, représentant à mi-corps, une jeune Reine de Perse en costume de fête, une couronne formant diadème orne ses cheveux et le corsage est garni de perles et de pierres précieuses. Une guirlande de roses naturelles entoure ses épaules et ses mains sont couvertes de bijoux.

Cadre en laque persane.

* * *

125. — PEINTURE A L'HUILE. — Tableau sur toile, représentant une femme Persane assise sur une chaise et tenant une jambe recourbée. Elle est près d'une table garnie de rafraîchissements.

COFFRETS, BOITES

ÉCRITOIRES ET RELIURES EN LAQUE

126. — COFFRET à fards, à 10 pans, en laque, intérieur laqué rouge, à double fond. Serrure ancienne.

L'extérieur de ce coffret, très bien conservé, représente des scènes de la vie royale et les audiences du Roi **Mohamed Schah** des Indes auquel ce coffret a appartenu comme cassette à bijoux. Il fut par la suite la propriété de **Nadir Schah** qui s'en empara dans une de ses conquêtes. Ce coffret provient actuellement du Palais impérial.

127. — BOITE A GLACE rectangulaire formant 2 panneaux à 3 faces, en laque, représentant des scènes de chasse et de voyages. 8 portraits (têtes de femmes européennes) placés en médaillons sont d'un très heureux effet et donnent l'aspect de véritables tableaux.

Ce travail du XVIIIe siècle a été exécuté sur l'ordre de S. A. Impériale **Ehtecham-ed-Dowleh** par le peintre **Mohamed-Ismaïl**, dans la capitale d'Ispahan.

128. — BOITE A GLACE en laque, de forme ronde, composée de 2 panneaux (3 *faces*) réunis par des charnières en argent. Ces laques représentent, sur une des faces, la Sainte Vierge tenant l'Enfant-Jésus. Même scène au verso, mais avec des chérubins près de l'Enfant-Jésus. L'intérieur est orné d'une gerbe de fleurs entourée de motifs formant encadrement. Travail signé par le sélèbre AGHA SAHEB ZEMAN.

129. — BOITE A GLACE en laque, de forme ronde, composée de 2 panneaux (3 *faces*), réunis par des charnières en argent. Ces laques représentent des scènes de la vie royale, véritables tableaux et chefs-d'œuvre d'exécution. Chacun des sujets est entouré de multiples lisérés ornés à l'**Or pur** sur fond vermillon de délicieux ornements polychromes.

130. - BOITE A GLACE en laque, de forme ronde, composée de 2 panneaux (*3 faces*), réunis par des charnières en argent. Ces laques
représentent entre autres scènes un Roi et une Reine assistant à
un concert.

Ces peintures forment de véritables tableaux, d'une intensité et d'un coloris
admirables. Boîte de toute fraîcheur renfermée dans un écrin.

131. — COFFRET A BIJOUX, en laque, de forme rectangulaire, à coins
arrondis. Scènes représentant :

1° Un Roi et une Reine prenant des rafraîchissements et
assistant à un concert.

2° Un entretien galant. Superbe travail du fameux peintre
ABOUTALEB.

132. — COFFRET A BIJOUX, de forme ovale, en laque, représentant les
scènes de la vie royale, formant compartiments sur le couvercle et
le pourtour du coffret.

133. — COFFRET A BIJOUX, entièrement en bois des Iles et recouvert de
peintures représentant des Armes et des Oiseaux (Travail du
XVII° siècle).

134. — BOITE A PLUMES, en laque. Copie de Sujets européens. Travail
du XVIII° siècle. Etui intérieur en laque rouge. Semis de fleurs à
l'**Or pur.**

135. — BOITE A PLUMES, en laque, représentant des portraits de Femmes
alternés avec des animaux, buffles, chevaux, oiseaux, etc. Etui en
laque rouge. Semis de fleurs à l'**Or pur.**

136. — BOITE A PLUMES, en laque, représentant des scènes de la vie
persane.

137. — BOITE A PLUMES, en laque, représentant les épisodes de la Guerre
entre NADIR SCHAH et MOHAMED SCHAH en Indoustan. Très belle
pièce richement ornementée à l'**Or fin** sur vermillon.

138. — ECRITURE EN LAQUE DE PERSE représentant l'histoire des
dynasties des Schahs de Perse avec leurs ministres et généraux,
et où figure Alexandre le Grand. Toutes ces peintures, séparées
entre elles par des compartiments réservés à chaque dynastie avec
inscription des noms. A l'intérieur, même travail, mais où sont
reproduits les portraits des hommes de sciences et de lettres les
plus célèbres. *Pièce du XVII° siècle de toute rareté.*

139. — BOITE A PLUMES EN LAQUE DE PERSE représentant toutes les cérémonies des fiançailles et des noces jusqu'à la consommation du mariage (*Scène curieuse*). Joli travail du xviii siècle.

140. — BOITE A PLUMES en bois d'Abadie sculptée très finement et laquée. Merveilleux travail du xvi siècle.

141. — RELIURE EN LAQUE DE PERSE. — Les plats de cette reliure sont ornés : au recto, de grandes fleurs et d'oiseaux polychromes sur fond vermillon ; au verso, de bouquets de fleurs entourés d'un liséré et bordé de petites fleurs roses sur fond vert (17 × 27).

142. — RELIURE EN LAQUE DE PERSE finement travaillée à l'**Or pur**. Au recto, fleurs et feuillages d'or sur fond noir (*Travail dit Tezhib*). A l'intérieur des plats, vigne et grappes de raisin dorés sur fond brun. Travail du xix siècle. *Cette reliure a été préparée pour un Koran* (16 × 26).

143. — RELIURE EN LAQUE DE PERSE. — Les plats sont agrémentés de fleurs et feuillages polychromes sur fond rouge, encadrés d'un double filet d'or et bordés de petites fleurs. A l'intérieur, médaillons de fleurs sur fond vert encadrés de filets d'or. *Travail exécuté au XVIII siècle*.

144. — RELIURE EN LAQUE DE PERSE. — Sur les plats se détachent des bouquets de fleurs variées or et vermillon sur fond vert entourés de filets d'or formant encadrement et bordés d'un semis de fleurs polychromes. *Travail du xviii siècle* (14 × 24).

145. — RELIURES EN LAQUE DE PERSE à reliefs :

1º Sur les plats de cette reliure, ornements teintés sur un fond or, filets et guirlandes formant encadrement, l'ensemble bordé d'arabesques polychromes. A l'intérieur, grande branche à l'**Or pur** sur fond vermillon. Travail du xviii siècle (20 × 50).

2º Les plats de cette autre reliure sont ornés à l'extérieur de bouquets de fleurs, aux couleurs vives avec oiseaux et papillons se détachant sur fond brun. Un semis de petites fleurs d'or forme encadrement et bordure (10 × 13).

146. — RELIURES EN LAQUE DE PERSE :

1º Plats ornés de bouquets de fleurs polychromes sur fond or et à l'intérieur de tulipes sur fond vert (8 × 13).

2º Plats travaillés à l'**Or fin** (*Tezhib*) et à l'intérieur dentelle d'or sur fond noir (8 × 13). Ces deux reliures datent du xviii siècle.

147. — TABATIERE EN LAQUE DE PERSE. — Sur le couvercle on remarque au premier plan un couple amoureux et au deuxième plan deux musiciens. Les côtés sont ornés de fleurs, feuillages, oiseaux polychromes sur fond noir. *Travail du xviiie siècle.*

148. — RELIURE EN LAQUE DE PERSE. — Au recto, on aperçoit un Roi sur son trône, entouré de ses Ministres. Un groupe de serviteurs apportent différents mets sur des plats d'or. Au verso, une scène de chasse sur fond noir (22 × 32). *Travail du xviie siècle.*

149. — RELIURE EN CUIR REPOUSSÉ avec inscriptions formant bordures à ornements uniformes sur les deux côtés. *Travail portant la date de 1208 de l'Hégire (18 × 27).*

150. — JEUX DE CARTES ANCIENS EN LAQUE DE PERSE :
1° Petit Jeu (4 × 6) composé de 20 pièces (5 *sujets variés*).
2° Autre Jeu (4 × 6) composé de 15 pièces (5 sujets galants variés).

151. — PORTE-KORAN en mosaïque de Perse. Bois et ivoire très finement travaillés. *Joli travail du xviie siècle.*

152. — PORTE-KORAN en laque de Perse. — Fleurs et feuillages polychromes sur fond or. *Travail du xviie siècle.*

P. GALLAIS, Imprimeur, Rennes (Ille-et-Vilaine) (2024-12)